www.ingramcontent.com/pod-product-compliance
Lightning Source LLC
LaVergne TN
LVHW020446080526
838202LV00055B/5362
9788119022687

شریر شیرا

اور

ٹم بک ٹو

(بچوں کی کہانیاں)

مصنف:

اشرف صبوحی دہلوی

© Taemeer Publications
Shareer Shera aur Tambaktu *(Kids stories)*
by: Ashraf Saboohi
Edition: April '2023
Publisher & Printer:
Taemeer Publications, Hyderabad.

ISBN 978-81-19022-68-7

مصنف یا ناشر کی پیشگی اجازت کے بغیر اس کتاب کا کوئی بھی حصہ کسی بھی شکل میں بشمول ویب سائٹ پر اَپ لوڈنگ کے لیے استعمال نہ کیا جائے۔ نیز اس کتاب پر کسی بھی قسم کے تنازع کو نمٹانے کا اختیار صرف حیدرآباد (تلنگانہ) کی عدلیہ کو ہو گا۔

© تعمیر پبلی کیشنز

کتاب	:	**شریر شیرا اور تُم بک ٹُو**
مصنف	:	**اشرف صبوحی دہلوی**
صنف	:	ادب اطفال
ناشر	:	تعمیر پبلی کیشنز (حیدرآباد، انڈیا)
زیر اہتمام	:	تعمیر ویب ڈیولپمنٹ، حیدرآباد
سالِ اشاعت	:	۲۰۲۳ء
تعداد	:	(پرنٹ آن ڈیمانڈ)
طابع	:	تعمیر پبلی کیشنز، حیدرآباد - ۲۴
صفحات	:	۴۴
سرورق ڈیزائن	:	تعمیر ویب ڈیزائن

فہرست

(۱) شریر شیرا 7

(۲) ٹُم بَک ٹُو 29

تعارف

ایک مہذب اور صاف ستھرے سماج اور ملک و ملت کے زریں مستقبل کے لیے ادب اطفال کی جتنی ضرورت ہمیں کل تھی، آج بھی ہے۔ ان کہانیوں میں وعظ و پند کا شور نہیں بلکہ انسان دوستی اور ہمدردی کی دھیمی دھیمی اور بھینی بھینی مہک ہونی چاہیے۔

بچوں کے ادب کی زبان نہایت آسان ہونی چاہئے۔ طرز ادا اور اسلوب بیان ایسا ہو کہ بچے بخوشی انہیں پڑھیں، ان میں دلچسپی لیں، ان کو پڑھ کر مسرت محسوس کریں۔ کہانیوں میں مختلف دلچسپ واقعات کی شمولیت سے بچوں کی دلچسپی کو بڑھایا جا سکتا ہے۔

تعمیر پبلی کیشنز کی جانب سے اشرف صبوحی دہلوی کی دو دلچسپ کہانیوں کا ایک جدید ایڈیشن شائع کیا جا رہا ہے۔

شریر شیرا

شیرا نہایت شریر لڑکا تھا۔ ماں باپ کے لاڈ پیار نے اس کی رسّی ایسی ڈھیلی چھوڑ رکھی تھی کہ سب اسے بے ناتھ کا بیل کہتے۔ ایسے آزاد لڑکے اگر دس دفعہ اپنی شرارت کا کوئی بُرا خمیازہ نہیں اُٹھاتے تو ایک بار ضرور ایسے پھنستے ہیں کہ چھٹی کا کھایا یاد آجاتا ہے۔ اپنی عادت کے مطابق ایک دن صبح ہی شیرا گھر سے نکل کھڑا ہوا۔ پرندوں کو پتھر مارتا جنگل کے دوسرے بے زبان جانوروں کو ستاتا، درختوں کی کونپلیں نوچتا، کچے پھل توڑتا، بستی سے دور نکل گیا۔ سامنے ایک چھوٹا سا باغیچہ تھا۔ چاروں طرف باڑھ لگی ہوئی۔ باڑھ کے اندر آم کا درخت دیکھا۔ پھل گدرا رہے تھے منہ میں پانی بھر آیا۔ باڑھ کو لانگ پھلانگ کر اندر پہنچا۔ درخت پر چڑھ گیا اور آرام سے بیٹھ کر اچھے اچھے آم کھانے شروع کردیے۔

مشکل سے دو آم چوسے ہوں گے کہ نیچے سے ایک کرخت آواز آئی: "جناب یہ آپ کیا کر رہے ہیں؟"

شیرا نے نیچے جھک کر دیکھا کہ ایک چوڑا چکلا اچھا مضبوط آدمی گنوار وضع کا کھڑا ہے۔

شیرا: (بے تکلفی کے ساتھ) تمھیں کیا سوجھتا ہے میاں، کروں گا کیا، آم کھا رہا ہوں۔ بڑے مزے دار ہیں۔ تم بھی کھاؤ گے۔ دوں دو چار پکے پکے توڑ کر۔

وہ شخص: آپ کی مہربانی کا شکریہ۔ مگر بھئی تم تو کچھ اس طرح آم توڑ توڑ کر کھا رہے ہو اور دوسروں کی بھی خاطر کرتے ہو جیسے یہ تمھارے باپ کا مال ہے۔

شیرا: نہیں تو جناب آپ کے باپ کا مال ہے۔

وہ شخص: میرے باپ کا مال ہو یا نہ ہو، میں کہتا ہوں کہ اب ہاتھ روک لو۔

شیرا: مہربان ابھی میرا پیٹ نہیں بھرا۔

وہ شخص: زیادہ باتیں اچھی نہیں۔ سیدھی خیر اسی میں ہے کہ جلدی نیچے آؤ۔

وہ شخص: کیوں بھئی، تم نے اس باغ کا ٹھیکا لے رکھا ہے؟

شیرا: ٹھیکا کیسا، میں اس باغ کا مالک ہوں۔

وہ شخص: تم مالک ہو؟ بہت مبارک! پھر میں تمھارا مہمان ہوا۔

وہ شخص: ہاں اِسی لیے تو میں عرض کر رہا ہوں کہ نیچے تشریف لائیے میں آپ کی خاطر کروں (لٹھ زمین پر بجا کر) نیچے آؤ دیکھو میں تمھیں کیسے اچھے اچھے آم کھلاتا ہوں۔

شیرا: (دل میں ڈر کر) آپ بڑے عمدہ آدمی معلوم ہوتے ہیں۔

وہ شخص: میری عمدگی کا اندازہ تم کو نیچے آکر ہوگا۔

شیرا: مگر میں تو یہاں بڑے آرام سے بیٹھا ہوں، یہیں سے میں آپ کی عنایت کا شکریہ ادا کرتا ہوں۔

وہ شخص: تم ہو تو لونڈے لیکن بڑے حجتی!

شیرا: آداب عرض ہے، مجھ سے بات کر کے دیکھیے آپ کے ہر سوال کا جواب ایسا دوں گا کہ آپ بھی خوش ہو جائیں گے۔

وہ شخص: میاں مجھے سوال و جواب کی فرصت کہاں۔ تمھاری طرح بے کار تو نہیں۔

شیرا: یہ خوب! اور آپ نے مجھ کو بے کار کس طرح سمجھ لیا؟

وہ شخص: میرے پاس فضول وقت نہیں ہے لیکن یہ نہ سمجھنا کہ تم کورے نکل جاؤ گے۔ اگر تم اترنا نہیں چاہتے، بہت اچھا وہیں بیٹھے رہو، میں اس کا انتظام بھی کیے دیتا ہوں۔ یاد رکھو تم اتر بھاگ نہیں سکتے۔ میں اپنے کام دھندے سے فرصت پا کر جب آؤں گا تو تم یہیں ٹنگے ہوئے دکھائی دو گے۔"

گنوار اونچا ہو ہو کر دیکھتا ہوا ایک طرف کو چلا۔ شیرا دل

میں کہنے لگا "عجب آدمی ہے، ایسے شخص کے ساتھ جو دوسرے کی سنتا ہی نہیں، بالکل کھوپڑی اُلٹا ہوا، آخر کس طرح کوئی سلجھے۔ لیکن کیا ڈر ہے۔ میں کیا اس کے ہاتھ آتا ہوں، وہ یہاں سے ٹلا اور میں اُڑا۔ پتوں میں ٹٹولتا ہی رہے گا۔ اس جانب کہیں اور ہوں گے۔

شیرا کا یہ خیال غلط تھا۔ اس کی بھول تھی۔ گنوار نے ایک ڈولے پر چڑھ کر "من ہوئے من ہوئے" کی آواز لگائی اور کہا ارے ذرا اپنے موتی کو لیتا آ۔ گنوار وہیں کھڑا تھا کہ چھوکرا ایک جگادری کتے کو ساتھ لیے دوڑا ہوا آیا۔

گنوار: (کتے سے) موتی، تیرے لیے میں نے آج چور کو گھیرا ہے۔ (شیرا سے) بچو! اب میں تو جاتا ہوں۔ کہاں تک تمھارا انتظار کروں۔ یہ موتی تمھاری چوکسی کرنے کو بیٹھا ہوا ہے۔ میں تم کو ایک دوست کی طرح سمجھائے دیتا ہوں۔ کان کھول کر سن لو کہ اگر اس نے تم پر مہربانی کی تو تمھاری پوری تواضع کر دے گا۔ ایک ہڈی پسلی سلامت نہیں رہے گی۔ مجھے تو دیر ہو رہی ہے کام سے چھوٹ کر آؤں گا تو پھر تم سے ملاقات ہوگی۔

یہ کہہ کر گنوار چل دیا اور شیرا کے پاس موتی کو چھوڑ گیا کہ یہ دونوں آپس میں جس قسم کا چاہیں بحث و مباحثہ کریں۔

تھوڑی دیر کے بعد کتا لیٹ گیا اور پنجوں پر تھوتھنی رکھ کر

آنکھیں بند کرلیں، جیسے سوتا ہو۔ لیکن شیرا نے دیکھا کہ اگر اس کی ایک آنکھ بند ہوتی ہے تو دوسری آنکھ کھلی رہتی ہے۔ کیا مقدور جو اس کی بندھی ہوئی ٹکٹکی ایک لمحے کے لیے بھی ٹوٹے۔

اُتر کر بھاگنے کا موقع نہ تھا۔ شیرا نے عقلمندی اسی میں سمجھی کہ جہاں بیٹھا ہے وہیں بیٹھا رہے۔ ایک کُتے سے دو بدو کہاں کی شرافت ہے۔ آدمی ہو تو اسے چکنی چپڑی باتوں سے بہلائے پھسلائے۔ قائل معقول بھی کرے۔ جانور کے ساتھ آخر انسانیت کا مقابلہ کس زبان سے کرے۔

صبح سے دوپہر آگئی۔ بیٹھے بیٹھے تھک گیا۔ بھوک لگ آئی۔ بھوک کا خیر اس کے پاس علاج تھا۔ آموں کی درخت پر کیا کمی تھی۔ چنانچہ اس نے پانچ سات بڑے بڑے گدرائے ہوئے آم توڑے اور چوسنے لگا۔ مگر درخت سے اترنے کا کیا سامان۔ کُتا نیچے سے ٹلے تو زمین پر اُترے۔ آم کھاتا جاتا اور درخت سے چھٹکارا حاصل کرنے کے مسئلے پر غور کرتا جاتا۔ کوئی ترکیب سمجھ میں نہ آتی تھی کہ پیچھے کی طرف سے ایسا معلوم ہوا جیسے کوئی باڑھ توڑ رہا ہے۔ اُچک کر دیکھا تو جنگلی سانڈ اپنے سینگوں سے باڑھ کو توڑتا اندر گھسا چلا آتا ہے۔ منہ میں جھاگ ہے اور دُم اُٹھی ہوئی۔ اُس نے موتی کو دیکھ لیا تھا۔ گانو کے کتوں سے سانڈوں کی دشمنی ہوا کرتی ہے۔ ادھر موتی کی نظر سانڈ پر پڑی۔ موتی بھی

بَل کھاکر اُٹھ کھڑا ہوا اور عف عف کرتا ہوا جھپٹا۔

اِدھر موتی نے اُچک کر سانڈ پر منہ مارنا چاہا۔ اُدھر سانڈ نے سر نیچا کر اپنے سینگوں سے کتّے کو روندنے کی نیت کی۔ ایک جنگ شروع ہوگئی۔ سانڈ پیچھے ہٹتا تو کتّا آگے بڑھتا۔ کتّا پلٹ کر آتا سانڈ دوڑتا۔ اسی رگیدا رگیدی میں کتّا اور سانڈ دونوں آم کے درخت سے دور ہٹ گئے۔

شیرا کو اب موقع ملا کر درخت سے اُتر کر رفوچکر ہو لیکن بدنصیبی یہ کہ میدانِ جنگ باڑھ کے اسی طرف جما ہوا تھا جہاں سے آدمی اندر آتے جاتے تھے۔ اور باہر نکلنے کی کوئی دوسری راہ نہ تھی۔ شیرا نے کہا کوئی بات نہیں، جدھر سے سانڈ آیا ہے اُدھر سے میں لانگ پھلانگ کر نکل سکتا ہوں اور پچھلی طرف باڑھ کے برابر ہی باغ کے مالک یا مالی کا کوٹھا بھی تو ہے وہاں ضرور نکلنے کا راستہ کھُلا ہوگا۔ بہرحال کوشش کرنی چاہیے۔ کسی طرح اس سولی پر ٹنگے رہنے سے تو نجات ملے۔

شیرا نے آہستہ آہستہ درخت سے اُترنا شروع کیا۔ اُترتے اُترتے کتّے کے بڑے زور سے تیاؤں کرنے کی آواز سُنائی دی۔ سانڈ نے کتّے کو اپنے سینگوں پر اُٹھا کر اچھالا تھا۔ شیرا نے موتی کو گیند کی طرح ہوا میں اچھلتے اور باڑھ کے دوسری طرف گرتے دیکھا۔ کتّا گرا تو بے دم ہوکر۔ سانڈ نے فتح کی خوشی

میں پیروں سے زمین روندنی اور سینگ ڈھیلوں پر رگڑنے شروع کیے۔ شیرا کو اب اپنے پہرے دار سے چھٹکارا مل گیا تھا۔ وہ جلدی جلدی درخت سے اُترا اور سر پر پانو رکھ کر بھاگا۔ لیکن نصیب کی کھوٹ سانڈا بھی بھنبھنایا ہوا تھا۔ وہ کسی بھاگتی ہوئی چیز کو دیکھ کر اپنا جوش کس طرح دباتا۔ پھنکارے مارتا وہ شیرا کے پیچھے دوڑا۔ شیرا نے بھی سانڈ کو اپنی طرف جھپٹتے دیکھا۔ سانڈ کی جھپٹ خدا کی پناہ۔ خوف نے پر لگا دیے۔ سامنے باڑھ تھی، اب کیا کرے۔ اوسان بڑی چیز ہے۔ کنارے پر امرود کا ایک درخت تھا۔ اس پر چڑھ کر جو چھلانگ مارتا ہے، باڑھ کے پلے پار۔

پرانی مثل ہے کہ کود میرے بھائی کنواں ہو یا کھائی۔ شیرا نے اس پر پورا عمل کیا۔ نہ کرتا تو سانڈ کب چھوڑتا۔ دوسری طرف کودنے کو تو کود گیا اور سانڈ سے بھی جان بچ گئی لیکن ادھر ایک جھڑبیری تھی اور اس میں شہد کی مکھیوں کے دو بڑے بڑے چھتے۔ یہ جھاڑی میں اُلجھ کر گرا اور گر کر اُٹھنے نہیں پایا تھا کہ مکھیاں لپٹ گئیں اور انھوں نے جو ڈنک مارنے شروع کیے تو ہوش اُڑا دیے۔ جوں توں ہاتھ مارتا اُٹھا اور بھاگا۔ بھاگنے کے سوا اس کے پاس اور کون سا بچنے کا ہتھیار تھا۔ مگر مکھیاں گھوڑے سوار کو نہیں چھوڑتیں۔ وہ بھنبھناتی ہوئی آگے اور پیچھے ساتھ ساتھ تھیں اور ان کے ڈنک برابر چل رہے تھے۔

شہد کی مکھیوں کے زہر میں بجھے ہوئے ڈنکوں نے سر سے پاؤں تک آگ لگادی۔ ہاتھ، پانو، منہ، ناک، کان سوج کر اُپلا ہوگئے۔ تکلیف کے مارے شیر اصاحب دیوانوں کی طرح کبھی اِدھر دوڑتے کبھی اُدھر۔ سوجن کے مارے آنکھیں بند ہوگئی تھیں۔ راستہ سوجھتا نہ تھا کہ کہاں جا رہا ہے۔ شامت کی مار ایک کنویں کے مینڈ کے پاس ٹھوکر کھائی۔ اندھا دھند بھاگتا چلا آتا تھا سنبھل نہ سکا، قلا بازیاں کھا سیدھا کنویں میں۔ وہ تو خیر یہ ہوئی کہ کنویں پر پانی بھرنے کی چرخی لگی ہوئی تھی اور ڈول لگا ہوا تھا۔ اس کا ہاتھ رسّی پر پڑ گیا۔ کنویں میں چلا تو رسّی کے سہارے۔ ویسے گرتا تو نہ جانے دیواروں سے ٹکرا کر سر پھوٹ جاتا یا پانی میں ڈبکیاں کھاتا۔ اب تو رسّی آہستہ آہستہ کھلتی رہی اور یہ مزے میں جھولا جھولتا نیچے اُترتا رہا۔

کنواں کوئی دس گیارہ گز گہرا تھا۔ خدا خدا کر کے مکھیوں سے تو پیچھا چھُٹا۔ وہ اسے کنویں میں دھکیل واپس ہوگئیں۔ شیر ا رسّی کو مضبوط پکڑے رہا۔ پہلے تو اس نے ایک غوطہ کھایا۔ اس کے بعد ڈول پر پانو جما کھڑا ہوگیا۔ رسّی زیادہ بڑی نہیں تھی۔ شانوں تک پانی میں رہا۔ اور گردن پانی کے اوپر۔ مکھیوں نے کاٹ کاٹ کر جو سارے بدن میں آگ لگادی تھی پہلے تو پانی کی ٹھنڈک سے بڑا آرام معلوم ہوا۔ جلن تکلیف سب جاتی رہی، دل و دماغ کو بہت فرحت

ہوئی۔ سوچنے لگا کہ اگر سانڈ نہ آجاتا تو گُستا مجھے اُترنے نہ دیتا۔ پھر گنوار شام کو آکر ضرور میری خبر لیتا۔ اُس کے تیور کہہ رہے تھے کہ وہ بدمعاش ہے۔ اس صورت میں تو سانڈ کا آنا مُبارک ہوا۔ ہاں دوسری طرح اسی کم بخت کی بدولت مجھے مکھیوں کے چھتوں میں گرنا پڑا۔ نہ مکھیوں کے چھتے میں گرتا نہ یہ کنواں جھانکتا۔ اور اگر کنویں میں یہ چرخی ہوتی بھی تو اس میں رسّی نہ لٹکی ہوتی یا میرے ہاتھ نہ آتی تو کیا ہوتا، ڈوب جاتا۔ اچھا، واقعات کا یہ عجیب سلسلہ کس نے پیدا کیا؟ سمجھنے کی چیز ہے۔ صرف آم کھانا تو اس کی وجہ نہیں ہوسکتی اور اگر آم کھانے کے یہ کرشمے ہیں تو یہ مسئلہ بہت زیادہ غور طلب ہے۔

لیکن تھوڑی دیر کے بعد سردی لگنی شروع ہوئی۔ دس گیارہ گز گہرا کنواں، برف جیسا سرد پانی۔ پھُریریاں آنے لگیں۔ سردی کا کیا علاج؟ یہ بھی تکلیف دہ ہے اور کافی تکلیف دہ ہے اور پریشانی کی حد بھی۔ تاہم اُن خطرات سے کم۔ خدا نے کیسا باقاعدہ گنوار کے لٹھ، اُس کتے، ازغیبی سانڈ اور ظالم مکھیوں سے پیچھا چھڑایا ہے۔ حضرت یوسفؑ کی بھی جان تو اسی کنویں ہی میں بچی تھی اور وہیں سے نکل کر مصر کے بادشاہ ہوئے تھے۔ عجب نہیں میرے لیے بھی قدرت نے کچھ ایسا ہی سامان کیا ہو۔ اچھا تو اب یہاں سے نکلنے کا کیا سامان۔ یوسف والا کنواں تو اندھا تھا۔ اس میں تو پانی ہے اور پانی بھی آدمی ڈباو۔

کہانیوں میں تو اکثر سُنا ہے کہ پُرانے زمانے میں کنویں محلات سے زیادہ تقدیر کو چمکانے والے ثابت ہوئے ہیں. کبھی کسی کو پَری مل گئی تو کسی کو جن، اور انھوں نے کنویں کے قیدی یا کنویں میں گرنے والے کو ہزاروں آفتوں سے بچا کر کہیں سے کہیں پہنچا دیا۔ تاہم شیرا کے لیے تو اس وقت یہ کنواں عذاب کا گھر تھا۔ پَری یا جن کا تصوّر دیر طلب بات تھی۔ چند ہی منٹ میں سردی کے مارے بُرا حال ہوگیا۔ بدن میں تھرتھری چھوٹ گئی. دانت سے دانت بجنے لگے جسم میں ایک قسم کا سُن پنا محسوس ہو چلا پانی کی پریوں یا آسمان کے فرشتوں کا انتظار کرنے کی طاقت پانی میں گھل چلی جاتی تھی۔

اوّل اوّل تو شیرا غل مچاتے ہوئے ڈرا کہ اگر کسی نے نکالا اور وہ لٹھ ہلاتا ہوا آگیا۔ یہ کنواں بھی اسی کا ہوا تو مرے پر سو دُرّے والی مثل ہو جائے گی۔ پھر جب دیکھا کہ یوں بھی مرنا ہے اور یوں بھی تو آخر چلاّنے کی ٹھانی۔ اب چلاّئے کس طرح ؟ دانت بجنے موقوف ہوں، جبڑا کھلے تو آواز نکلے. کبھی سانس روکتا. کبھی جسم کو اکڑاتا. کبھی مُنہ پر ہاتھ رکھ کر گلے پُھلاتا۔ ان ترکیبوں سے شیرا اپنے جبڑے کو آواز نکالنے کے لیے گرما رہا تھا کہ اسے رسّی ہلتی ہوئی معلوم ہوئی۔ رسّی اوپر کھنچی اور وہ پانی پر اُبھرنے لگا۔ اونچا ہوتے ہوتے اس کے کانوں میں آوازیں آئیں. کھینچنے والے کہہ رہے

تھے کہ آج ڈول میں اس قدر وزن کہاں سے آگیا۔ کیا بلا ہوئی۔ اتنا بوجھ کبھی ہوا نہیں۔ شیرا کو ان آوازوں سے کوئی تعجب نہیں ہوا۔ اس لیے کہ واقعی ڈول میں پانی کے ساتھ وہ بھی تھا۔ پھر اُس نے دو آدمیوں کو ٹھٹھے لگاتے ہوئے سُنا۔ چرخی کنویں کے منہ سے ہٹی ہوئی تھی جب تک ڈول اوپر نہ آجاتا چرخی پھرانے والے دیکھ نہیں سکتے تھے۔

شیرا مزے میں اوپر چڑھتا چلا آتا تھا۔ اب اس کی مُنڈیا کنویں کی جگت کے برابر آگئی اور وہ ہاتھ بڑھا کر منڈیر کو پکڑنے والا ہی تھا کہ چرخی گھمانے والوں کی نظر اس پر پڑی یہ دو آدمی تھے ایک موٹا مرد اور دوسری زمینداروں کے ہاں کی پنہاری عورت۔

شیرا: (اپنے خاص انداز میں) آداب عرض ہے شکریہ۔

شیرا کے آداب اور شکریے کا تو وہ کیا جواب دیتے اس کی منڈیا اوپر نکلتے ہی عورت نے ایک چیخ ماری اور اس کے ہاتھ سے چرخی کی ہتھی چھوٹ گئی۔ مرد کے بھی ہوش اُڑ گئے۔ چرخی کو پکڑے نہ رہ سکا۔ اس کا ہاتھ ڈھیلا پڑنا تھا کہ چرخی اُلٹی پھری اور اس کی ہتھی مرد کی ٹھوڑی میں اس زور سے لگی کہ وہ منہ کے بل گر پڑا۔ اور اس سے پہلے کہ شیرا کے منہ سے دوسری دفعہ شکریے کا لفظ نکلتا۔ بجلی کی رفتار سے شیرا صاحب پھر کنویں کی تہ میں تھے۔ خوش قسمتی یہ ہوئی کہ شیرا کے ہاتھ سے رسّی نہ چھوٹی ورنہ اب کے کام تمام ہی

تھا۔ غرضکہ شیرا نے ایک بار پھر غوطہ کھایا اور غوطہ کھا کر دو چار منٹ کے بعد جہاں تھے وہیں آ گئے۔

"واہ واہ، کیا کہنا کتنی سچی بیٹھک ہے، نہ ایک انچ اِدھر نہ ایک انچ اُدھر، ٹھیک جہاں تھا وہیں آ جما۔" اس کش مکش میں شیرا کا جسم ذرا گرما گیا تھا۔ اس نے اپنا سر جھڑ جھڑا کر پانی چہرے پر سے جھٹکتے ہوئے یہ فقرے کہے اور دل میں سوچا کہ "لوگوں کا ڈرنا قانونِ قدرت کے خلاف نہیں ہے۔ میں بحث کر سکتا ہوں وہ اس معاملے میں قطعی حق بجانب ہیں اور اگر اسے نہ کوئی مانے تو اپنی ایسی تیسی میں جائے۔ بہرحال کچھ بھی انھیں اب انجان کوئی نہیں کہہ سکتا نہ وہ کسی دلیل سے اپنے آپ کو انجان کہہ سکتے ہیں۔ انھوں نے یہ ضرور جان لیا ہے کہ میں یہاں ہوں۔ میں کون ہوں اس سوال کا جواب وقت دے گا۔"

اس اثنا میں عورت گھگھیاتی ہوئی کنوئیں کی جگت سے اُتر کر اپنے گھر کی طرف اور باورچی خانے میں گھس چولھے کے پاس جہاں آٹا گندھا رکھا تھا گر پڑی۔ منہ ڈھانک لیا اور تھر تھر کانپنے لگی۔

گھر کی مالکہ نے جو اپنی پانی بھرنے والی نوکرانی کو اس طرح بدحواس بھاگ کر آتے اور آٹے کا کونڈا گرتے دیکھا تو چلّائی "ارے نگوڑی کیا آفت آئی، کوئی بھوت لپٹ گیا۔ آنکھوں پھوٹی آٹے کا بھرا کونڈا خاک میں ملا دیا۔ نوج بوڑھی عورت ہو کر ایسی ننھی چھنو بن گئی۔

دن دہاڑے یہ کیا وحشت اُچھلی۔ چنبیلی ذرا جائیو۔ کلّو بھی تو اُس کے ساتھ تھا۔ وہ ماٹی ملا کہاں ہے۔ پوچھ کیا ہوا؟"

اتنے میں کلّو جو عورت کے ساتھ ڈول کھینچ رہا تھا اپنی ٹھوڑی دونوں ہاتھوں سے پکڑے ڈر سے کانپتا تھرتھراتا آیا۔

گھر کی مالکہ : لو اس مردودے کو دیکھو، ہے ہے یہ تو منہ سے بولتا ہی نہیں۔ ارے منہ کیوں بھینچے ہے۔ کیا ناگ نے ڈس لیا؟

کلّو : نانا۔ نانا۔

گھر کی مالکہ : ارے نانا دادا کو پکارے ہے۔ بول نا کیا ہوا۔

کلّو : جا، جا، جا بڑا۔

گھر کی مالکہ : کیا بکے ہے کون جا بڑا۔

کلّو : نانا، جا بڑا۔ بھو۔ بھو۔ بھوت۔

کلو کا یہ حال۔ پنہاری بے سُدھ پڑی ہوئی۔ نہ سر سے کھیلے نہ منہ سے بولے۔ گھر کی مالکہ بھی ڈر گئی۔

گھر کی مالکہ : ارے کوئی دوڑو۔ چودھری کو بلاؤ چنبیلی او چنبیلی۔ بہری بھنڈ ہوگئی۔ اری کوئی کیسرا باہر ہو تو اسے بھیج دے۔ میرے پیروں تلے سے تو دھرتی نکلی جائے ہے۔

گھر کی مالکہ باورچی خانے میں کھڑی چلا رہی تھی اور دوسرے آدمی پنہاری کے ہوش میں لانے کی تدبیریں کر رہے تھے۔ لیکن وہ لکڑی کی طرح اکڑی بے ہوش، نہ اُٹھتی نہ آنکھ کھولتی۔ اس

عرصے میں ہر ایک نے باری باری کلو سے مختلف سوال کیے۔ وہ جواب میں آئی، آئی۔ جا، جا، جابڑا یا بھو، بھو، بھوت کرتا اور رہ جاتا۔

گھر کا مالک چودھری: (دوڑتا ہوا آکر) "کیا ہوا رمضانی کی ماں، کاہے کا غل مچا رکھا ہے (پنہارن کو دیکھ کر) اسے کوئی بیماری اُٹھ آئی۔ مر تو نہیں گئی۔ (قریب جاکر) ناری ابھی تو سانس چل رہا ہے (کلو کی طرف دیکھتے ہوئے) اور تجھ پر کیا بیتی موٹے، منہ پر سے ہاتھ تو اُٹھا۔"

کلو: ای۔ یا۔ اوای۔ جاجابڑا۔ بھُو۔ بھُوت۔

چودھری: واہ رے اچھا سانگ نکالا (آپ ہی آپ) آج کا سارا دن عجب منحوس رہا۔ جو بات ہوئی نقصان کی۔ سب سے پہلے صبح ہی صبح تو میرے باغ پر ڈاکا پڑا۔ میرے سارے اچھے آم لُٹ گئے۔ پھر میری پالتو مکھیوں کے دونوں چھتّوں کا ناس ہو گیا۔ موتی جسے میں نے پالا تھا، سانڈ نے اُسے مار ڈالا اور میرے باغ کی ساری باڑھ توڑ دی اور اب میری ایک کمیرن مرنے والی ہے۔ کلو نہ جانے دیوانہ ہو گیا یا کسی بھُوت نے اس کی مُنڈیا مروڑ دی۔

کلو: (بھُوت کا نام سُن کر) ای ای آئی بھُو، بھُو، بھُوت۔

چودھری: کیا ای ای لگائی ہے۔ چھوٹے منہ سے کچھ بتائے بھی، بولے کیوں نہیں۔ کہیں بھُوت دیکھ لیا اور کمیرن کو کیا کوئی

بھتنی لپٹ گئی۔

کلّو : (منہ کو دونوں ہاتھوں سے بھینچ کر) اَی ایہی ایہی۔

چودھری : اَی اَی کا بچّہ! منہ میں نہ جانے کیا گھُس گیا ہے ارے یہ تو بھوت بن گیا ہے، اسے جانے دو۔ کمیرن کو بھی کچھ سُرت آئی؟

کلّو : کچھ سُرت آئی تو ہے ابھی ابھی آنکھ کھولی تھی۔

چودھری : (کمیرن کے پاس جا کر) اری کاہے کو فیل مچائے ہے۔ اُٹھتی ہے کہ کچھ بُری بھلی سُنے گی۔ مجھے جانے ہے؟

کمیرن : (آنکھ بند کیے کیے) ہائے ہائے مار لیا۔

چودھری : ارے کون کھائے جائے ہے۔ اُٹھ، نہیں مار بیٹھوں گا۔

کمیرن : (ڈرتے ڈرتے) ہائے ہائے ہائے۔

چودھرائن : اری کچھ بتا تو۔ ہائے ہائے کیے جائے ہے۔

کمیرن : بی جی، ارے میرے باپ۔

چودھری : اب باپ کو پکارنے لگی۔ یوں ناں مانے گی ارے لائیو میرا سانٹا۔

کمیرن : (منہ ڈھانک) اری میری میّا۔ کنویں میں دیکھو کنویں میں!

چودھرائن : اری کنویں میں کیا ہے۔ کوئی بھوت آگیا؟

کلّو : ای ای بھُو، بھُوت۔

چودھری : کنویں میں کون پڑ گیا چلو دیکھیں تو۔

چودھری سب کو لے کر کنویں پر گیا۔ دیکھا ڈول اندر پڑا ہے۔ ساری رسّی اُتری ہوئی ہے۔ اس نے چاروں طرف نظر ڈالی۔ پھر کنویں کے اندر جھانکا۔ شیرا دیر لگنے سے بہت دُکھی تھا۔ اس کی آنکھیں اوپر ہی لگی ہوئی تھیں کہ اب کوئی نکالنے آتا ہوگا۔ چودھری کو جھانکتے دیکھ کر زور سے آواز لگائی "یہاں میں ہوں۔ مجھے جلدی نکالو، نہیں مر جاؤں گا۔"

شیرا نے جو کچھ کہا سچ کہا۔ اس کی طاقت جواب دے چکی تھی۔ دو دفعہ گرنا، اتنی دیر گلے تک پانی میں ڈوبا رہنا۔ ہر چیز کی حد ہوتی ہے۔ اگرچہ اس کے اوسان سلامت تھے لیکن سردی کے مارے دَم نکلا جا رہا تھا۔

چودھری : خدا کی پناہ اس میں تو آدمی گر پڑا ہے۔ آج کی مصیبت تو ختم ہونے پر ہی نہیں آتی۔ اچھا تو پہلے اس کی جان بچانی چاہیے۔ پھر سانڈ کو باغ سے نکالنا چاہیے۔ چنبیلی جا کھیت پر سے دو ایک مالیوں کو تو بُلا لا۔

دو چار منٹ میں کھیتوں کے آدمی کنویں کے گرد جمع ہو گئے۔

چودھری : کون کنویں میں اُترے ہے۔ ذرا سنبھال کر نکالیو۔

شیرا : (کنویں کے اندر سے) کسی کے اُترنے کی ضرورت نہیں۔ تم

فقط ڈول کو کھینچ لو میں آپ نکل آؤں گا۔

دو آدمیوں نے مل کر چرخی گھمانی شروع کی۔ شیرا ابھرا اور جب جب کنویں کے منہ پر آیا تو لوگوں نے اسے پکڑ کر باہر نکالا۔ شیرا باہر آتے ہی زمین پر ہاتھ پاؤں پھیلائے پڑ گیا۔ اس میں زیادہ سہار کی طاقت نہیں رہی تھی۔ اُدھ مُرا ہو گیا تھا۔

چودھری: (شیرا کو غور سے دیکھ کر) ارے یہ تو وہی چھورا ہے جو آم کے پیڑ پر چڑھا ہوا تھا۔ پر خیر آموں کی چوری کے لیے اس کی جان کا لاگو نہیں ہونا چاہیے۔ بیچارہ اب تو سردی میں اکڑا جائے ہے۔ پانی نے اسے کھا لیا۔ اٹھا کر اندر لے چلو کہیں مر نہ جائے اور پاپ پڑے۔

شیرا تھکن سے بے ہوش ہو گیا تھا۔ دو آدمی اسے ڈنڈا ڈولی کر کے گھر کے اندر لے گئے۔ چوٹ تو شیرا کو لگی نہ تھی۔ گرنے اور پانی میں پڑے رہنے کا صرف صدمہ تھا۔ بدن کو گرمائی جو پہنچی تو تھوڑی دیر میں حواس دُرست ہو گئے جیسا کہ تھا ویسا ہو کر اُٹھ بیٹھا۔

چودھری: بچو کیا بیتی، آم کے درخت سے کنویں میں کیسے چھلانگ ماری؟

شیرا نے اوّل سے آخر تک ساری کہانی سُنائی کہ یہ ہوا اور یہ ہوا۔

چودھری: چھورا بڑا چالاک ہے۔ ارے اپنا نام تو بتا؟

شیرا: میرا نام؟ میرا نام شیرا ہے!

چودھری: (شیرا کو پہچاننے کی کوشش کرتے ہوئے) ارے کیا تو گڑھیا والے اسد خاں کا بیٹا ہے؟

شیرا: ہاں۔

چودھری: باپ رے وہ تو ہمارا مالک ہے۔ اسی کا دیا ہم کھاتے ہیں۔ پہلے ہی کیوں نہ بتایا۔ درخت پر چڑھے چڑھے کہہ دیتا۔ باغ بھی تیرا تھا اور ہم بھی تیرے۔ سارے آم کھا لیتا تو بھی ہم خوش ہوتے۔

* * *

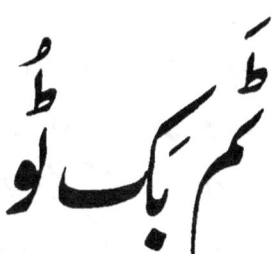

ٹَم بَک ٹُو

ایک کپڑا بننے والا تھا۔ اپنے وقت میں بڑا نامی گرامی۔ اس کی ایک بیٹی تھی، چندے آفتاب چندے ماہتاب۔ لڑکی جوان ہوئی تو باپ کی کھوپڑی میں یہ بات سمائی کہ کوئی ترکیب ایسی کرنی چاہیے جو یہ بادشاہ کے محل میں پہنچ جائے۔ بادشاہ کی نظر میں چڑھ گئی تو وارے نیارے ہیں۔ ہم بھی راج پاٹ کے حصے دار بن جائیں گے۔

ایسے لوگ تو سدا کے بے عقل ہوتے آئے ہیں۔ اس کی تو روپے کی ریل پیل اور بادشاہ کو بیٹی دینے کے شوق میں اور بھی عقل ماری گئی تھی۔ سوچتے سوچتے ایک منصوبہ گانٹھا اور وہ جو مثل ہے کہ کانا اور لے دوڑی۔ نہ کسی سے صلاح لی نہ مشورہ، گھر میں کچھ نہ کہا۔ سیدھا بادشاہ کے پاس جا پہنچا اور اپنی کونچی نما ڈاڑھی ہلا کر کہنے لگا: "حضور! غلام کی ایک لونڈیا ہے، ٹھوڑی

تارا، ماتھے چاند۔ یہ تو خیر کوئی بات نہیں۔ آپ کو بھائے یا نہ بھائے مگر کمال یہ سنیے کہ وہ جب سوت کاتتی ہے تو دھاگے کے بدلے سونے کے تار نکلتے ہیں۔

بادشاہ نے پہلے تو حقارت سے گھور کر اس کی طرف دیکھا، چونکہ سونے کا وہ بڑا لوبھی تھا۔ جہاں سونے کا نام سنتا اُس کی رال ٹپک پڑتی۔ اس لیے اُس کی صورت دیکھتے دیکھتے بادشاہ نے سوچا۔ خدا کی قدرت سے کیا عجب ہے جو اس میں ایسی کرامت ہو۔ اگر واقعی اس میں ایسی کرامت ہے تو گھر بیٹھے لچھمی آئی سمجھو، دُنیا کا کوئی بادشاہ دولت میں میرا مقابلہ نہیں کر سکے گا۔" چنانچہ اُس سے بولا "اگر تیری لڑکی میں یہ صفت ہے تو اسے ہمارے محل میں بھیج دے تاکہ تیرا جھوٹ سچ معلوم ہو۔"

بُنکر دوڑ دوڑا جا اپنی بیٹی کو لے آیا۔ نہایت خوش۔ اپنے کپڑوں میں نہ سمائے کہ اب بادشاہ کا خسر بننے میں کیا کسر ہے۔ دیکھا اور عاشق ہوا ـــــ! عاشق ہونے کے بعد جھوٹ سچ کون پرکھے گا۔ محبت کی باتوں میں چرخے پونی کا کیا کام؟ لیکن بادشاہ کو محبت اور حسن سے زیادہ سونے کی بھوک تھی۔ اس نے اس کا پورا منہ بھی نہیں دیکھا۔ سیدھا ایک کوٹھری میں لے پہنچا، جہاں روئی کے گالوں کا انبار لگا ہوا تھا اور چرخا آگے رکھ کر کہنے لگا: "لو بیٹھو اپنی بانگی دکھاؤ۔ کاتنا شروع کرو۔" اگر صبح ہوتے ہوتے اس ساری

روئی کو کات کر بادلہ نہ بنا دیا تو سمجھ لو کہ موت آگئی، جان سے مروا ڈالوں گا۔" یہ کہہ کر بادشاہ نے کوٹھری کے کواڑ بند کر دیے اور لڑکی کو اکیلا چھوڑ کر چلا گیا۔

لڑکی حیران تھی کہ یہ کیا معاملہ ہے۔ بادشاہ کا محل اور یہ چرخہ پونی۔ یہ بھی سہی۔ لیکن روئی سے سونے کے تار کتے کیسے؟ چرخے ان دنوں سب گھروں میں کاتے جاتے تھے۔ یہ تو بنکر کی بیٹی ٹھہری۔ اسے بھی موٹا مہین سب طرح کا سوت کاتنا آتا تھا۔ روئی سے بادلہ کس طرح بنائے۔ اس نے یہ کرامت دیکھی تو کیا سُنی بھی نہ تھی کہ روئی سونا بن سکتی ہے اور چرخے میں سونا کیونکر کاتتے ہیں۔ بڑی دیر تک چپ بیٹھی سوچتی رہی کہ کیا کرے۔ جان بچنے کی کیا صورت ہو۔ کبھی چھت کو دیکھتی کبھی دیوار یا کھوں کو۔ آخر پریشانی بڑھتے بڑھتے اتنی زیادہ بڑھی کہ مُنہ ڈھانک کر رونے لگی اور روتے روتے ہچکی بندھ گئی۔

رو ہی رہی تھی کہ ایکا ایکی کوٹھری کا دروازہ کھلا اور ایک نئی طرح کا آدمی اندر آیا۔ لڑکی جلدی سے آنسو پونچھ کر ہو بیٹھی۔

آنے والا: بوا سلام! ایسی پیاری پیاری شکل پر ایسا بلک بلک کر رونا کیسا؟ کیا بات ہے کچھ مجھ سے بھی تو کہو؟

لڑکی پہلے تو ڈری کہ نہ جانے یہ کون ہے، کیوں آیا ہے اور مجھ سے پوچھنے کا کیا مطلب ہے۔ مگر پھر کچھ سوچا اور دل کڑا کر کے

بولی " بھیّا اپنے کرموں کو رو رہی ہوں۔ بادشاہ نے حکم دیا ہے کہ صبح تک یہ ساری روئی کت جائے اور سُوت نہ کتے بلکہ سونے کے تار کتیں۔ نہیں تو وہ مجھے مار ڈالے گا۔ میں کیا کروں مجھے روئی کا سونا بنانا کہاں آتا ہے۔"

آنے والا: اچھا اگر میں جیسا بادشاہ نے کہا ہے ویسا تمھاری طرف سے کات دوں تو تم مجھے کیا دوگی؟

لڑکی: اپنے گلے کی چمپا کلی۔

آنے والا: ہوگئی پکّی؟

لڑکی: بالکل پکّی! لو تم پہلے لے لو۔

وہ بُھتنے کی صورت کا بونا چمپا کلی لے چرخے کے پاس بیٹھ گیا اور چلانا شروع کیا۔ گھر گھر گھر تین دفعہ چرخہ چلنے کی آواز آئی اور ایک گُگڑی تیار تھی۔ دوبارہ چرخہ چلا گھر گھر اور دوسری گگڑی اُتر آئی۔ چرخہ گھر گھر چل رہا تھا اور گگڑیوں پر گگڑیاں اُترتی چلی آتی تھیں۔ صبح ہوتے ہوتے کوٹھری کے سارے گالے ختم ہوگئے اور گگڑیوں کا ڈھیر لگ گیا۔ سب چمکتے ہوئے زرد سونے کے تاروں کے لچھے۔

بونا اپنا کام کر اندھیرے اندھیرے چلتا ہوا۔ لڑکی خوش تھی کہ چمپا کلی گئی بلا سے جان بچی۔ صبح ہوتے ہی بادشاہ سلامت تشریف لائے، سونے کا ڈھیر دیکھ کر آنکھیں کھُل گئیں۔ حیرت

ہو گئی۔ منہ کھلا کا کھلا رہ گیا کہ عجب طلسماتی لڑکی ہے۔ ایسی کرامت تو دیکھی نہ سُنی۔ چاہیے تھا کہ لڑکی کو اب تو نظر بھر کر دیکھتا' اس کی خاطر مدارات کرتا لیکن وہ تو لالچی اور دولت کا لوبھی تھا۔ منہ میں اور پانی بھر آیا۔ حرص بڑھ گئی۔

بَادشَاہ : (دل میں خوش اور بظاہر تیوری چڑھا کر) بس ساری رات کی کمائی اور اتنی سی۔

لڑکی کیا جواب دیتی' نیچی نگاہیں کیے چُپ کھڑی تھی۔ اب بادشاہ اسے لیے ہوئے ایک دوسری کوٹھری میں گیا جو پہلی کوٹھری سے بڑی تھی اور اس میں روئی کا انبار بھی زیادہ تھا۔

بَادشَاہ: دیکھو یہ روئی ہے۔ اگر تمھیں اپنی جان پیاری ہے تو رات بھر میں اسے کات ڈالو۔ ایک تار سفید نہ ہو۔ زرد سونے کے ہوں۔

اور پہلے کی طرح لڑکی کو بند کر چل دیا۔ لڑکی پھر پریشان ہو گئی۔ ایک مرتبہ کوئی خدا کا بندہ آ کر کام کر گیا۔ روز روز کون آتا ہے۔ دن ڈھلنے لگا اور اس کی کچھ سمجھ میں نہ آیا کہ کس طرح اس عذاب سے مخلصی پائے۔ جوں جوں دن گزرتا وہ اپنی زندگی سے بے آس ہوتی جاتی۔ مایوسی اور بے کسی میں آنکھوں پر ہی بس چلتا ہے۔ بیچاری آنسو بہانے لگی۔ روتے روتے دروازے پر آہٹ سی معلوم ہوئی۔ آنسو پونچھ کر دیکھا تو کواڑ کھلے

ہیں اور وہی بونا سامنے کھڑا ہے۔

بونا : کیا اور کاتنے کو مل گیا؟

لڑکی : ہاں دیکھ لو، ساری کوٹھری میں گالے ہی گالے بھرے ہوئے ہیں۔

بونا : پھر کیا کہتی ہو؟ انھیں بھی کات دوں؟

لڑکی : بھیا تمھارا خدا بھلا کرے میری جان بچالو۔

بونا : کیا دلواؤ گی؟

لڑکی : (اپنی انگلی سے انگوٹھی اُتار کر) یہ لو۔

بونا انگوٹھی لے کر پیڑی پر ہو بیٹھا اور سونے کے تار کاتنے شروع کردیے۔ رات بھر گھر گھر ہوتی رہی اور صبح سے پہلے تمام روئی جگ مگ کرتے ہوئے سونے کے تاروں کی لچھیوں میں تبدیل ہوگئی۔

بادشاہ کی خوشی کے مارے باچھیں کھلی جاتی تھیں۔ دل کے اندر لڈو پھوٹ رہے تھے لیکن اس کے لالچ کو کہاں تسکین ہوتی۔ اب لڑکی کو بجائے کوٹھری کے ایک کمرے میں لے جاکر بند کردیا جس میں روئی کے انبار لگے ہوئے تھے اور حکم سنایا کہ اسے اور کات ڈالو۔ مگر دن نکلنے سے پہلے پہلے۔ اگر صبح تک تم نے اس روئی کے بھی سنہرے تار بنا دیے تو میں تم سے شادی کرلوں گا اور تم میری بیوی ہوجاؤ گی (اپنے دل میں) ایسی صاحبِ کمال

بیوی دُنیا میں کسی کی ہو نہیں سکتی۔ سنہری بادشاہ کہلانے لگوں گا۔

بادشاہ تو یہ کہہ کر چلا گیا۔ رات ہوئی، لڑکی دُعائیں مانگنے لگی کہ اللہ میاں اس بونے کو آج پھر بھیج دے۔ تیری قدرت کے صدقے یہ مشکل بھی نکل جائے۔ دُعا مانگ کر بیٹھی ہی تھی کہ بونا آموجود ہوا۔

بَونا: (لڑکی کے سامنے آکر) گھبراتی کیوں ہو۔ اسے بھی کاتے دیتا ہوں۔ بولو کیا دلواتی ہو؟

لڑکی: (رونی صورت بنا کر) بھیّا اب میں تمھارے دینے کو کوئی چیز کہاں سے لاؤں۔ گھر بھی نہیں جا سکتی۔ بادشاہ کی قید میں ہوں۔

بَونَا: اچھا ایک کام کرو گی؟

لڑکی: جو تم کہو۔

بَونَا: مجھ سے وعدہ کرو۔

لڑکی: کیا؟

بَونا: یہ وعدہ کرو کہ اگر تم بادشاہ کی بیگم بن گئیں تو اپنا پہلوٹھی کا بچّہ مجھے دے دینا۔

لڑکی نے سوچا کہ "کل کی کون جانے کہ کیا ہو۔ آج تو کسی طرح اپنی جان چھُڑانی چاہیے۔ اوّل تو بادشاہ کی نیت کا حال کون جانتا ہے۔ وہ مجھ سے شادی کرے نہ کرے۔ دوسرے اولاد

کا ہونا کوئی ضروری نہیں۔ عمر بھر نہ ہو۔ پھر جب میں بادشاہ بیگم بن گئی تو لاکھ تدبیریں نکل سکتی ہیں۔ کر لو وعدہ خدا مالک ہے دیکھا جائے گا۔"

اس کے سوا لڑکی کے لیے نجات کی کوئی صورت بھی نہ تھی۔ چھٹکارا پانے کا دوسرا حیلہ بھی دکھائی نہیں دیتا تھا۔ ناچار لڑکی نے بونے کو زبان دے دی کہ "مجھے منظور ہے۔"

بونا فوراً اپنے کام پر ڈٹ بیٹھا اور چٹکی بجاتے ہی ساری روئی کات کر رکھ دی۔

سویرے دن نکلتے ہی بادشاہ سلامت بھی آبراجے۔ سارے کمرے میں سونا ہی سونا دیکھا۔ خوشی کی انتہا نہ رہی اسی وقت شادی کی تیاری شروع کر دی۔ دستور کے مطابق بیاہ ہوا، دعوتیں ہوئیں۔ جلسے ہوئے اور بنکر کی خوب صورت بیٹی ملکہ بن گئی۔ بنکر کے نصیب جاگ گئے۔ اس کی مراد خدا نے پوری کر دی۔

شادی کو ایک برس گزر گیا۔ اچھے دن جب آتے ہیں تو برے وقتوں کی یاد بھی نہیں رہتی۔ لڑکی محل کی چہل پہل اور بادشاہ بیگم بننے کی خوشی میں پچھلی ساری باتیں بھول بھال بیٹھی تھی۔ بونا اور بونے سے کیا ہوا وعدہ اس کے خیال سے بالکل اتر گیا تھا۔ دن عید اور رات شب برات تھی کہ خدا کی قدرت اس کے ہاں بچہ

پیدا ہوا۔ اور بچہ بھی ایسا حسین جیسے چاند کا ٹکڑا۔ شادیانے بجنے لگے۔ محل میں اندر باہر خوشیاں منائی جانے لگیں۔

اِدھر نوبت نفیریاں بج رہی تھیں۔ زچہ خانے میں بچے کی ماں نہال نہال تھی کہ اتنے میں وہی بونا ایک طرف سے نکل کر سامنے آیا۔

بَونا: لاؤ میری چیز!

لڑکی: (بھونچکا ہو کر) تم کہاں سے آ گئے؟

بَونا: جہاں سے پہلے آیا تھا۔ کیا اپنا وعدہ بھول گئیں؟

لڑکی: (ڈر کے مارے کانپتے ہوئے) یاد تو ہے مگر۔۔۔۔

بَونا: اگر مگر میں کچھ نہیں جانتا۔

لڑکی: معاف نہیں کر سکتے؟

بَونا: نہیں۔

لڑکی: اب میں دولت مند ہوں۔ خدا کا دیا سب کچھ ہے۔

بَونا: پھر میں کیا کروں؟

لڑکی: جتنا چاہو مال لے لو۔ سونا، چاندی، جواہرات جو کچھ میرے پاس ہے سب لے جاؤ۔ میرے بچے کو چھوڑ دو۔ بادشاہت کے سارے خزانے تمھاری نذر ہیں۔

بَونا: نہیں میں نہیں مانتا۔ مجھے تو تمھارا بچہ چاہیے۔ دُنیا کی ساری دولت سے یہ پیارا ہے۔

لڑکی : بھیّا ! میرے دل سے پوچھو مجھ کو یہ کتنا پیارا ہوگا۔ میری جان لے لو اور خدا کے واسطے اسے میری گود سے نہ چھینو۔ میری مامتا پر ظلم نہ کرو۔

اور وہ ایسا بلک بلک کر رونے لگی اور اس طرح پھڑکنا شروع کیا جیسے اب دم نکلا۔ یہ دیکھ کر بونے کو ترس آگیا اور وہ بولا "اچھا میں تین دن کی تمھیں اور مہلت دیتا ہوں۔ تم اچھی طرح سوچ سمجھ لو اور میرا نام معلوم کرنے کی کوشش کرو۔ اگر ان تین دن میں تم نے میرے نام کا پتا لگا لیا تو بچہ تمھارا ہے، تمھیں مُبارک، میں اس سے ہاتھ اُٹھالوں گا اور اگر تم میرے نام کا پتا نہ لگا سکیں تو پھر تمھارے رونے کی بھی مجھے کچھ پروا نہیں ہوگی۔ میں بچے کو لے جاؤں گا۔"

یہ رات کا وقت تھا۔ بیچاری کی ایک منٹ آنکھ نہیں لگی۔ سوچ سوچ کر ہزاروں بُرے بھلے نام یاد کیے اور دن نکلتے ہی سارے شہر میں ڈھنڈورا پٹوا دیا کہ عورت، مرد، بچہ، بوڑھا جس کو جتنے نام آتے ہوں محل پر آکر بتائے۔ حاکم کا حکم، لوگ آنے لگے اور جو آتا دس بیس نام بتا جاتا۔

رات ہوتے ہی بونے صاحب قرض خواہ بنیے کی طرح آموجود ہوئے۔ لڑکی نے اسے دیکھتے ہی نام لینے شروع کر دیے۔ گل شیر، تیغ بہادر، شمشیر جنگ، جانِ عالم، گلفام، رستم و سہراب، سکندر

اور دارا جیسے بڑے بڑے ناموں سے لے کر کلّو، مٹلّو، کٹوّ، ملّو، جگّو، بھگّو، ٹمنی، ٹیاّں، انگنا، منگنا وغیرہ جیسے سیکڑوں برے بھلے نام لے ڈالے۔ مگر بونا ہر نام پر یہی کہتا کہ "یہ میرا نام نہیں ہے اور چلو۔"

اس کی کل پونجی ختم ہو گئی تو بونا دوسرے دن آنے کو کہہ کر چل دیا اور لڑکی پھر رات بھر جاگتی اور نام سوچتی رہی۔ صبح ہوئی تو شہر کے باہر بھی دور دور آدمی دوڑا دیئے کہ جہاں کوئی نیا نام سنو آکر بتاؤ۔

دوسری رات بالکل انوکھے نام لے لے کر لڑکی نے بونے سے پوچھا۔ کبھی بلّی، بلاؤ، شیرو، چینو، الّو، شلو، جھپسٹ، کھوسٹ کہتی کبھی بگاڑو، سنوارو، بیجا، بچّا، ڈھونڈ، بھونڈ کی قسم کے عجیب نام لیتی۔ لیکن بونا ہر ایک پر گردن ہلا کر کہہ دیتا "یہ میرا نام کیوں ہونے لگا اور بتاؤ۔"

تیسرے روز کی صبح ہوئی۔ لڑکی کے منہ پر مُردنی چھا گئی تھی دل اُڑا جاتا تھا کہ آج فیصلہ ہے۔ مُوا بھتنا ضرور میرے لال کو لے جائے گا۔ محل کے سب چھوٹے بڑے اداس تھے کہ باہر بھیجے ہوئے آدمیوں میں سے ایک بھاگا ہوا آیا اور کہنے لگا۔

حضور! بڑی دور دور ہو آیا۔ ایک نام بھی ایسا نہیں پایا جو نیا ہوتا، جدھر سنے وہی پُرانے نام۔ لیکن جب میں اس پہاڑی پر پہنچا جو ہمارے راج کی سرحد کے کنارے جنگل کے پاس ہے،

جہاں بادشاہ سلامت شکار کھیلنے جایا کرتے ہیں اور لومڑیوں، خرگوشوں کی کان ہے تو وہاں میں نے ایک چھوٹا سا مکان دیکھا۔ مکان کے آگے الاو لگا ہوا تھا۔ الاو کے گرد ایک عجیب صورت کا چھوٹا سا آدمی ایک ٹانگ پر چکر لگا لگا کر ایسا ناچ کر رہا تھا کہ کیا کہوں۔ وہ ناچتا جاتا اور گیت گاتا جاتا:

مدت پیچھے آگ جلی ہے
برسوں میں اب دال گلی ہے
رات کو جاؤں بھوجن لاؤں
بھونوں جھلسوں خوب ہی کھاؤں
ملکہ اپنا بچہ دے گی!
دے گی دے گی دے گی دے گی
میرا نام نہ جانے کوئی!
مارتے پھریے پٹے ٹوئی!
ماں تھی میری بھمبق بو
میں ہوں بیٹا ٹمبک ٹو
ٹمبک ٹو بھئی ٹمبک ٹو!
ٹمبک ٹو بھئی ٹمبک ٹو!

ملکہ یعنی بنکر کی لڑکی نے جو یہ سنا پھول کی طرح کھل گئی

اسے معلوم ہوگیا کہ یہ بونا وہی تھا اور اس کا نام ٹمبک ٹو ہے، باقی دن اس نے بڑے اطمینان سے گزارا۔ چراغ جلتے ہی نہایت بے تابی کے ساتھ بونے کا انتظار کرنے لگی اور جوں ہی بونا آیا تو اسے پہلے دل لگی سوجھی کیونکہ اب اس کو کسی طرح کا ڈر تو رہا ہی نہ تھا۔

بونا: (آتے ہی) ہاں بی ملکہ زمانی بیگم، بتاؤ میرا نام؟

ملکہ: تمھارا نام..... مرزا اشفتالو ہے۔

بونا: نہیں۔

ملکہ: اچھا تو شیخ چرنج؟

بونا: غلط۔

ملکہ: تو پھر..... دھیں دھونکڑ خاں ہوگا۔

بونا: یہ بھی نہیں۔

ملکہ: یہ بھی نہیں..... تو بھمبق بو ہے۔

بونا: (اپنی ماں کے نام سے چونک کر کیونکہ لڑکی قریب قریب پہنچ گئی تھی) نہیں۔ نہیں۔ نہیں۔

ملکہ: تو اب بتا ہی دوں؟

بونا: بتاؤ دیر نہ کرو۔ اب میں زیادہ دیر نہیں ٹھہر سکتا۔

ملکہ: تم، تم، تم ٹمبک ٹو ہو۔

اپنا نام سنتے ہی غصے کے مارے ناچ اٹھا اور چلا چلا کر

یہ کہتے ہوئے کہ "کس چڑیل نے بتا دیا۔ کوئی جادوگرنی بتا گئی۔ زمین پر ایسے زور زور سے پانو مارے کہ زمین پھٹ گئی اور وہ غائب ہو گیا۔

خدا نے آئی بلا ٹال دی اور پھر کبھی بُنکر کی لڑکی نے اس کی صورت نہیں دیکھی۔

* * *